羊歯の谷間に

相澤啓三

書肆山田

相澤啓三／羊歯の谷間に

書肆山田

羊歯の谷間に《二〇一九—二〇二一年》

二〇一九年七月—一二月

浅野光一兄の回復を祈りつつ

嵯峨の秋プロヴァンスの春に友はあれど充たされぬ影落とすのみ

再婚の母許さざる少年の背筋を堅くとはに地吹雪

もうこれでと思ひ切らざる執着がかれを劇場・酒場へと連れもどすべし

一月五日より体調不安

する事なす事手順狂ふを危ぶめるきみの気遣ひに術なくわびし

三月二二日、東京医大前からはじめて正城の押す車椅子で外出。中央公園から裏道をたどつて不二ハイツ前に出る

小路より不意に出でたる大通り　わが家の前と言はれて仰ぐ

高原のバス停に立つ大欅　そこに笑顔のありし幾夏

をととひの灸治療せし火の匂ひ部屋の隅より頰かむりして起きつ

日常の小さき異常見逃がさず医師の問診にきみが応へる

きみと手を握って眠る習はしが闇に落ちこむ怖れを支ふ

パフォーマーなりし長谷川君の車椅子きれ鮮かに成子坂馳す

さて次はパジャマの袖に手を通す大仕事のごとくベッドの端に居

花吹雪の並木行きつつきみと在る車椅子の世界にやうやく入る

なんでもありの午前零時の歌舞伎町車椅子の老もすんなり通る

おそるおそる膝のほとりより見上げればかつては肉の林なりし若きら

いとし子と思ひて守りしきみがつと老病を負ひてわれに追ひつく

あはあはと「歌はできぬ」と言ひきりしリハビリの友とことばなく別る

ぽつねんと病室の戸口で見送れる友に愛憐の思ひつきあぐ

眼の人は視神経冒されてゆく過程歌はざりけり眼つむるまで

大橋喜之兄の訳業に

五年前ならば縦横に逍遥せむ幻想時空に入り得ずて佇つ

ただＮＯを政権党に言はむためきみと車椅子で投票すます

戦時下に読みてその後は名もきかぬウィラ・キャザーはたショーレム・アッシュ

浅野光一兄の病後を憂ひて

ことばの魔ひたに追へかし夜の巷への復活よりも生の完結を

最後の葛原妙子

短歌の魔去りし病後は老祖母の平穏を得しその日々いとほし

八月一三日、正城、狭心症の検査・手術のため東京医大病院に入院。内田成子が上京して見舞ひ、医師からの検査、その結果次第で施す手術（ステント装着）の説明に立会ふ。台風接近中

近く迫る検査・手術の密雲もことなげにきみは座を明るます

気づかひてやるべき姪が訪ひ来たる孤立者の毅然を優しく包みて

母代りの姉亡きのちにその娘はわれにそれとなく力添ふらし

五文字でも七文字でも詠み出だす意志をリハビリの最優先にせよ

ゾエ、舌癌・咽頭癌で手術

ＩＴもて意思の疎通は可能なれど舌頭に語を転ず快失はん

＊ゾエは正城の友人、山添君

言語には口に発して耳で捉ふ原初の喜びがなづさふものを

道遠く険しき峡と言ふのみの神話にまみれぬふるさと愛しむ

ゆるやかに傾く野辺の小さき杜　滅びし者の滅びざる跡

古城《ふるしろ》と母が呼びける野の中の廃墟はかつて花の名を負ひにき

もはやバスに乗りこむ力なくなりてシルヴァーパスの更新をパス

消滅と生成の中心の相遁がるる銀河宇宙のフーガを聴かな

追ひ追ひにおのが首絞めむ思想かと嗅覚鋭く構へ崩さず

粉雪の林間コースを思ふたび頭上は青葉きらめく林

ぼうぜんと聞きし数値を「よかつたね」ときみが念を押しやつとうなづく

故・村上光彦兄の浩瀚な訳書を読みすすめる

亡き友に何か詫びようとしてゐたる夢が終日巻きもどさるる

藤野光政兄の書簡、歌集読後感に謝して

挫折せし演劇青年の激をひそめ野《や》の老が歌を正しく読み解く

ご隠居の侘びの手すさびと見えつつも書信の彩りに屈折《イロニー》幾重

水晶のごとき芯持つ若者の俗にまみれしその後いとほし

いぢらしく風に抗ふチングルマ　映像の中へとわれがじらさる

悲しみを包みてわれの衰へのまたの一歩をきみは見守る

言はずと判る「あんなに好きだつたのに」とわが食べ余ましをきみが食べをり

ベッドの端に腰掛けしまま時がとび「かしこへ」の声聴けるにあらずや

数十秒か数分かもしれずとびし時のうつろでもみちみてるでもなく

あへて無為と呼びて笑はな疲労感の鎖帷子に拉がれ居るを

それもこれも哀れさの紗のかかる奥　上手な幕切れは現実になく

車座に一升瓶の談論をそらぞらと見る夢のうそ寒む

千鳥街ともゴールデン街ともつかぬ黒ずむ酒肆に誰が入り浸る

工事中の乗換駅にまた迷ふ　細部が幾度かの夢ごとに異なり

校閲に詩人のＫ氏　外報に歌人Ｍ氏居て深夜勤眩し

無愛想な「ももや」のコーヒーの出前来て最終版前の頭脳体操

＊「ももや」は数寄屋橋時代の朝日新聞社裏にあったコーヒー店

古き知慧負ふ者のごと老詩人は黒き駅ビルを背にかがまりて居し

ダニール・Wと称した老独学者との対話

縁石に腰を下して辺境の人は永遠の語らひせざりき

回心の険路知らざる鉄壁のボーンクリスチャンは問へど答へず

信仰は典礼の華麗に帰すといふ一つの見識なれどわれは肯はず

方法を欠けば学ならず該博なる無記と同憂のわれなれば見えき

乱脈な開拓線をすかし見れば賢者の相がおもむろに顕つ

紅葉さへかげらひ深く侔りの親孝行の旅のスナップ

船で渡りし湖畔の宿の湯浴みあと　母が一つこと説きて暗まる

正城の車椅子で銀ブラ

車椅子より「あれは？」「あそこは？」と振り仰ぐふたりは「銀座の恋人だった」

いつとなく異邦の若者と見てゐしが差別といふはどこより兆す

新国立劇場「エヴゲニ・オネーギン」公演。エフゲニア・ムラーヴェワのタチヤーナに

「あの時に愛を受け入れてくれたら」の嘆きに胸ひしがるる者ここに

フランケンの野に戦車列と行き違ひ　音楽祭ツアーに冷気迸りき

ふるさとの甲斐さながらのウンブリア　深き谷を来て葡萄が丘に出づ

台風19号で天井雨漏り

雨漏りの記録・片付けに秋天の悦びのごときみはいそしむ

ノーベル賞受賞のY氏夫妻の会見を見て

「四十六年苦楽を共に」の述懐に「四十六年楽を」ときみがつぶやく

憂ひなき次への期待裏切りてさわつとひび入る夢の断裂

今こそはそこに行き着かむ間一髪　場面は変りそこは薄明

奥行きも肌触りもなく仕切らるる夢がうつつを包むと言ふや

甲府市山宮、アルガベリーファームにて

時節過ぎし葡萄の樹下の土を分けてサフランの花二輪三輪

ひそやかな十一月の庭先にサフランは花柱きららかに映ゆ

九十にとどかむわれと越えし姉と相似全し手をとり合へば

第十九回澤瀉会の翌朝快晴、甲府駅にて

金網がしらじらと囲ふ空間に車椅子で来ぬ連山を恋ひて

見納めになるやもしれぬふるさとの山を名指せり　駅ビルの上

しばしばもわれより抜けし時の筒はいづべに林なして待ちゐむ

二〇二〇年一月—一二月

建石修志兄に　二首

わが一首より幻想画一幅構成せる友を天才とよびて乾杯

徒刑囚のごと月々挿画に頤使されし少年アリスは巧緻を研げり

年忘れより飲食慎みし効もなく三ガ日はや足の浮腫《むくみ》初め

きれぎれの情景つづり合はさんと記憶のふちにもどかしくゐつ

亡き友らけざやかに顕ちて入れ変はりうながされつつ行きかけて覚む

眩しくも羊歯の谷間にわたる風のあるかなきかに昨日《きぞ》は顕ち来る

はたはたとスペードとなりて崩しゆくきみのみを愛せしハートの城館《シャトオ》

検査入院を控へて、正城に感謝

いぢらしと子のごと守りきしものをきみは子を超えて誠を尽くす

幾歳月苦を楽の底に眠らせてわが右肩はきみのためにあり

朝露の目路の限りに耀る草生　黒曜石採りは腰低く馳す

腕をからげ合ひしか　わらびの少年らその残像はかたくほぐれず

朝刊を開くなりひよつと激すこと　紙面整理にも古典ありしと

高原から高原へと尾根路行く散骨人《びと》は虹に包まる

鬱血性心不全のため東京医大病院に入院（二月一〇日—二月一四日）

ライブ前にわが病室に寄り道するきみは時間のやりくりも得手

十五分の見舞ひすませて握手するきみに「いい子いい子」とてれて言はずも

日頃きみに甘やかされて居る思ひ　病院食を食べなづみつつ

快感に代りて痛覚つきあぐとふいかなればなほ快楽主義原理

きみと見る眼下は高層の影に暮れ入り陽さす靄に遠街《をん》は映ゆ

病棟の夜半の静寂に気配絶えずたちて静まる或はいま死の

胃痛絶食の後にフレンチトーストを欲りて言はざるにきみは調へゐたり

「自嘲集」とみな名のるべし長老の終りの歌集それぞれの苦味

名歌手の「陽は沈み陽は昇る」の絶唱よ　昇らざる日は誰がもとを指す

まさか老いてきみに従ふと思はざりし　朝早く起きて病院に向ふ

返信を書かざりし葉書黄ばめるを取り返しつかぬに今読み解ける

まだその名知れざる尾瀬にともなひし背高き人の後影遙《とほ》し

鬼の面被れるがごと猛きらが喚《をめ》けば無様に垂れ下るもの

詩論なるものつひに書かざりしかどオレガ書クモノガ詩デアル主張

休講の正城と神田川沿ひ散歩。開花した花を愛でながら

これは三分あれは五分咲き　コロナ禍で人なき並木の花ほしいまま

この春も車椅子に乗せて花を見するきみありてこそ残生を楽しめ

親孝行と人が見ようとねぎらへば「どう見たって老老介護だよ」

あといくらもなき平穏ぞ渇愛の極み愛別離苦を怖れる

十数年前、栽培が流行した皇帝ダリアは二年で消えた

高々と薄紫の花掲ぐ霜枯れ時の皇帝ダリア

冬空にぬきんでて高く花開かん姿勢でダリアはしたなく萎ゆ

ツリフネソウの花宙に吊らるる下陰に声をひそめてせせらぎ奔る

渓流に臨む座敷で蕎麦食べしは誰といづこか記憶危し

新型コロナウィルス・パンデミック
東京、週末の外出自粛要請

寄る辺なき人類の心象スケッチか花盛りの都市に人影の絶ゆ

虚無の風吹き通りたる明日が見ゆ人のぬくもり消えし週末

いま息のつまる辛さにあす不死をかなへん技術《テクネ》たのむ声なし

ビスクドールを問へば瞬時に数十の映像をきみはよび出して見す

消えたかりしとき消えて居らば青年は鼻持ちならぬ彼のまま消えし

封鎖都市の映像つぎつぎに報ぜられ空耳に涌く Waltzing Matilda

＊ウォルツィング・マティルダ＝放射能で人類最後の日々迫る
映画「渚にて」で歌われたオーストラリアのフォークソング

全体死迫れるうちに非日常オーラのアステアかつこよかりし

＊映画「渚にて」の主人公の一人でフレッド・アステアは踊ることも歌うこともなく、自死を選ぶ

去りがてに売地をめぐる友を措きて柵に絡むサルトリイバラ見てゐし

今週またコロナ失業のきみによりて残んの花を車椅子で愛づ

なんとなくなげやりな風情の裏町に凛として老樹の花散らすあり

「冬はフィジーで」のお誘ひに「ハア」と言ひ　バブル知らずにわれらは生きし

赤き死が部屋部屋をへし破るやうなことは起こらず　グローバル化のゲロ

正城の押す車椅子で中野新橋まで

四十年付近に住みて名のみ知る橋を渡りぬ　その朱塗欄干

自戒のために

その人の生のディテールを歌によりつぶさに知れどつひによそごと

酸素濃縮装置による呼吸補助を開始（四月一九日）

カニューレを鼻に着けるとき知らでよき語彙を注入する心地すも

立居の度の犬の喘ぎは鎮まれどどこへでもチューブがじやれついて

憎悪とふことばと遭へりまた会へば終りと知りて憎むにあらず

一段と迫れることにきみはふれず快適さ維持の工夫を楽しむ

コロナウィルス・パンデミック緊急事態宣言を全国に拡大

巧言はへらへら流れ配られるマスクは耳・目を覆ふに間に合はず

長者橋の下手《しもて》斜交《はすか》ひに宝橋つつましき街区をのどけく繋ぐ

摩天街の足下に川はひそと埋もれ石の欄干が柳橋を告ぐ

車椅子で訪へば暗き窓の顕つところ光透き徹る高層街区

人の出の絶えし都会の新樹下の遠景にして楽しげに行く親子

スキーヤーの夏駆けぬけしそのあたり亡霊のごと木賃アパート並びゐき

*木賃アパート＝木造賃貸アパート

酸素パイプ着けたまま髪を刈りくれる　名刺は「訪問美容理髪専門士」

建石修志・偕子夫妻より自家製パウンドケーキ

「元気?」電話に「嬉しかつた」と手作りケーキ贈りくるコロナ休日の不急の仲間

菜園に咲く矢車草に焼夷弾降りそそぎけむ　不意にいたまし

戦前の花と呼ぶべく屋敷内に咲きし金魚草、松葉牡丹、百日草

千日紅、ポンポンダリアと名連らねるも歌の私性の極みにて

衣笠草は大手をひろげて咲きゐたりうつらうつら谷深く行きし道

コンフリーの大葉ばさばさ炒めにしほの酸き夏のいづこか覚えず

慎重に薬八種を飲み了へて新聞開けば昼は闌けたり

目玉焼からヨーグルト　朝餉の手順変らざれ時はとび去るその手より

メモの手がはたと止まりぬ幼な児の耳に刻まれしこれこの日付

＊一九三二（昭和七）年五月一二日、父卯吉四十五歳で死去

駈け登りし草の坂道来てみれば幾何学的空間人気《ひとけ》なく聳ゆ

むきだしの眼玉大笊に盛られたる人形師の寝間に眠つむらず

目立たぬやう人に怖じつつ生き抜けし母と教へをやつと捨てにき

舞鶴城へ抜け道ありと遊亀園の大藤の囲ひ幾度巡りし

革ブーツ花柄パンツ「反戦」は古き風習と若きらうそぶく

ドライヴァーの見るもののなき草原に座ればウルップ草そこらに立てり

わが投企《プロジェ》渦に堕ちし葉のごとくにも跡なくまぎれりと或る回想記読む

機関車が息弾ませし山の駅ジオラマのやう車窓を過ぎる

指差さるる者にかくれもなき疾しさの小指がピンと立つことも

人は人に会ひて人と成るその本然《ほんねん》がパンデミック後のしるしとなれよ

五月二〇日未明に転倒、腰を打つ

ベッドわきに倒れてきみに抱き起こさるるこころ一瞬にぼろぼろとなり

両手ばたとついたりわれの初転倒　幼児のごとにひるみて立てず

水芭蕉のほとりを行きて白き船のハマナスの原野の沖へ遠ざかる見ゆ

セスナからの展望に似るとわが思ふに主客の誰もセスナ機を知らず

埴色の河に帆を張り肌脱ぎの水夫《かこ》ら手を振れうつつのわれに

傷めしごと落ちてまた飛ぶセキレイを舗道の人らひよいひよいと避く

石畳を蹴りてとびたつセキレイは地下に埋みし水流を悼む

錫と銅の流通網の争奪と論じ直さるるもトロイ戦争なほ無残

わが歌をあかしと思へ線香花火の燃え落ち際《ぎは》のほとばしりとも

動物墓苑につぶやく人ら見てのちの薔薇園の薔薇優しかりけり

あの二人もやがてとわれらが祝福をおくれるも知らで青年ら過ぎ行く

白きショーツでリドの渚に立ちしとき老いの闇は蒼くそこに屈みゐし

痩尾根に刻む階段《きだはし》に狐下りきたる吉野はゆかしすがれはてても

東京アラート（六月五日）

凶凶と宮殿の塔朱に染まり女帝の密偵が散る夜の巷

「銀河鉄道の夜」に寄せて

求愛に折伏を絡ませて疎《うと》まれし暗夜に友情葬送列車は発てり

切なきまで連結車輪の息を合せ生傷をひんむいて来ては去る

草上の宴こそなけれ日曜の中央公園の緑はなやぐ

西新宿の台湾料理店

神保町よりタクシーで来し人ら亡きにそこに山珍居気張らずにありぬ

氷菓《ジェラート》に火酒《グラッパ》注ぎ乾酪《ピ》焼きに青菜《ザ》載《ルコラ》すその不敵さを伊太利亜と識りにき

北方のドラマ終幕に爪弾かれ終夜耳につくクロード・チアリ

かつてカトマンズ西郊スワヤンブナートにて

聖者つひに出合ひかなはじ闇が滲む旅の終りのスワヤンブが丘

落日の知慧の眼を背に茫茫といかなる麓へ下らんとせし

七月二日、白内障手術のための手術前CT検査をすませる

落羽松の若葉わたる風ややはやはときみは検査結果よきをよろこぶ

＊落羽松＝ラクウショウ

コロナウィルス感染症予防のため入院患者の付添・面会は病室内に立入禁止。正城とは十一階B棟エレベーター・ホールで別れ、透明な壁をへだてて病室へつづく廊下に出る。ナースが荷物を運んでくれる

ここからはひとりでときみに手を振ればやがて来る日の修練《まねび》のごとし

若き作家の夜会デビューにパールカフス手ずから止めしプリマドンナありけり

ただならぬ静けき少女ほの見えてそののち自死せる作家とききし

カニューラを鼻にきみが押す車椅子に見出さるべき時のかずかず

一夜中連れ歩きしは悪名の小説のモデルと告げしメフィスト

矜持——長姉有賀恒子の長逝を悼みて　六首

九十年近しと思ひしはらからがいつしか遠き人になりゆく

嫁がせる長女に母が整へし晴れ着は南瓜芋に代へて食べられき

あかつきの泉に水汲み焼跡の小屋で物売り一家を支へし

美しき姉が美しく装ひしことありや挺身隊以来働きづめの

娘《こ》の危機に単身北欧へ飛びし姉は内にピアノ線の強さ張りつめゐき

戦時下に美少女でありしむなしさを目立たぬ生の矜持となしつ

庭隅の桔梗の莟にすべる露のはかなげなるものはや滅びたり

道端に露草の咲く夏の朝はいつより昔のこととなりしか

片町にデザイナー建築立ち並びアールデコ街と呼びて楽しむ

公園の林をわれが仰ぐまにきみはアカツメクサの花を摘み居ぬ

まさかきみにあたりちらしたりしなんだよな身体の不自由さつのる猛暑日

椅子より落ちて頭に怪我せる老友になにしてるんだと言付けをせずきみは

ちよつとあれと高きより物をおろさせる　気ままに似れど事故をただ怖る

受話器右へ指示さるるままわれはなす　片耳廃《し》ふときみ言はざれど

ラヴェンダーの浴用剤は落ち着かず　淫靡な宿つてこんなぢやないのか

ある中堅歌人の選歌集を読みて

マチスムの体臭歌をぎらつかせいづれ抑圧の側に立たんを怖る

小鳥が羽をすぼめるやうにして眠りに就くきみに幸せかとつひ問はず

佐太郎をわが言ひしとき老母は志満夫人こそ強く推しにき

養生のため囲はるる草生どころ昼顔の花咲き連らなれり

診察を待つ間久しきにいらだたぬきみがかたへにありて耐へ居り

ヤブカンゾウ咲き出て消ゆる場所などを車椅子からは確めやうなし

座りゐて杖で行先示す老を関白かなんぞと人は見るべし

車椅子より下りて歩きて十数歩　夏果ての草のごと喘ぐ

時にはきみを母のごとくにたよりゐるわれは母には甘えざりしに

白内障手術を了へて

眼帯をはずせば遠き街景は小人国のごと精妙に見ゆ

白日の部屋にさしこむ外光の怪しきまでに白極まれり

彼岸過ぎの中央公園に彼岸花疲れし色に咲き並び居り

若き日愛せし若者老いて遠くあり葉書に秋草描き添へ寄越す

はつなつのものみなやさしかりしゆゑわが凋落の嘆きは深し

ことのなく過ぐるがごときわがめぐり　腐朽はかくも静けきにあり

すみやかに時はとびさる　へたりこみしベッドの端の時いくばくか

古きこときみと語りつつ今日もありぬ中央公園に灯つくまで

バス停まできみが歩くを見てゐたりいつまでも若々しききみの姿を

窓に寄るわれに手を振りオペラパレスへはじめてひとりできみが出かける

移動する自由ほぼ失ひてなほ生きる　生きるといふに価ひせざる生

二人して築きこし生をひとり「はいさいなら」とやすくは言へじ

若者ら見る影もなく朽ちてゐむ三十五年前のロックシーン

夕映えは超高層街を移りつつ一棟一棟に華やぎを見す

車椅子押しつつきみは副都心街区の建築論じ楽しむ

何事かを待つがに中央公園の樹々夏果ての重き沈黙

サルビアの赤あざらけく大輪の薔薇は咲くほどに片崩れしつ

車椅子で冷えし両手にほこほこときみのココアのマグのぬくもり

夕闇はみるみる車椅子に追ひつきてオシロイバナが路を狭める

最適の一語求めをりしにことごとく後悔の汚泥にまみれて生《あ》るる

心不全に余命カウントはなきといへどパイプにつながるる捕囚無期

老老介護の残生なれどきみは会ひし日のままことを保つ

ひそやかに光さしこみ行かうかと構へしに消ゆ林の小径

「さあ乗つて」の声かかるまであやふやに歩を運びゆく川添ひの夕

思ひ起こす人ことごとく今は亡し茄子紺の闇滲む帰り途

友が愛せる若者がいつしか好き漢《をとこ》になりゐしを喜ぶ

思ひ邪《よこしま》なしといふことばハンドウォーマーまさぐりつつ思ふ

なにごころなく通り抜けゐしオフィス街の公孫樹黄葉してゆかしき空間に

数歩なりと黄金の木の下歩めよときみは幼なをうながすごとく

日曜のオフィス街は森閑と遊行期われが車椅子で行く

昂然とインタビュアーに真向かへる青きドレスの老ソフィア・ローレン

なにげなくコロナ無沙汰の電話すれば四月おくれの知人の訃

浴槽に歌さわさわと涌き出さず大丈夫かと声かかるまで

二十年おくれだが

後の世に第二千年紀の終末と呼ばれんことしパンデミック元年

ラクリモーザ口述筆記させるごとクッション厚く倚るわれに何の書きのこすことありや

終日の苦悶とともにわが生の終り近き一日眼前に消ゆ

胸許にきみが倚るごとにひしひしとひとり生きなんきみがいとほし

もろきもの人間といふ生命体ニトロ舌下噴射で惑乱収まる

天沼の家

省みれば新婚時代にふさふ家といふものわれらにもありにき

ひややかに北欧産御影石そそり立ち老いし親子の車椅子ぽつねん

東京都庁舎

完璧な監視空間と思ひつつ古代神殿のごときに車椅子

アンソールの仮面の群れにまぎれなくきみの直面《ひためん》がわれを捉へる

二〇二一年一月一日

きみとともに歩き回りしはうつつともピラネージのローマ遺跡とも過ぎては思ふ

（総歌数　二五一首）

＊注記：本歌集収録の作品は、相澤啓三が残した「歌稿ノート⑲」（最後から一冊前／二〇一九・一・九――二〇二〇・五・一二）及び「歌稿ノート⑳」（最終／二〇二〇・五・一五――二〇二一・一・二）から活字に起こしたものである。病に倒れる前日までの作品が清書されている。最後の作品から十五日目、二〇二一年一月一六日に逝去。明かな誤記のみ修正した。仮名遣い及び注記等の表現法は前歌集までを踏襲した。

相澤啓三

一九二九年、甲府市生まれ。二〇二一年一月、東京で病没。

詩集

『狂気の処女の唄』(一九六一年・昭森社)
『北方』(一九六二年・昭森社)
『声の森・氷の肋』(一九六三年・昭森社)
『肉の鋏』(一九六六年・昭森社)
『裸のままの十の詩その他の詩』(一九六九年・昭森社)
『墜ちよ少年』(右記の五詩集に未刊詩篇を加えた綜合詩集/一九七四年・深夜叢書社)
『ミス・プリーのとろけもの園遊会』(戯詩集/一九七四年・深夜叢書社)
『眼の殃』(一九七五年・昭森社)
『罪の変奏』(一九八一年・昭森社)
『沈黙の音楽』(一九九〇年・深夜叢書社)
『五月の笹が峰』(二〇〇〇年・書肆山田)

『孔雀荘の出来事』（二〇〇二年・書肆山田）
『マンゴー幻想』（二〇〇四年・書肆山田／第三五回高見順賞受賞）
『交換』（二〇〇六年・書肆山田）
『冬至の薔薇』（二〇一〇年・書肆山田）

歌集

『風の仕事』（二〇〇三年・書肆山田）
『光源なき灯台』（二〇一二年・書肆山田）
『音叉の森』（二〇一六年・書肆山田）
『蛹が見る夢』（二〇一九年・書肆山田）
『羊歯の谷間に』（二〇二一年・書肆山田）

詩画集

『魔王連禱』（版画・横尾龍彦／一九七五年・深夜叢書社＋西澤書店）
『悪徳の暹羅双生児もしくは柱とその崩壊』（版画・建石修志／一九七六年・沖積舎）

旅行記（共著）

『仏陀の旅』（写真・福田徳郎／一九八一年・朝日新聞社）

音楽評論

『猫のための音楽』（一九七八年・第三文明社）
『そして音楽の船に』（一九九〇年・新書館）
『音楽という戯れ』（一九九一年・三一書房）
『オペラの快楽』（一九九二年・JICC出版局／一九九五年・洋泉社／増補改訂文庫版上下二巻本二〇〇八年・宝島社）
『オペラ・アリア・ブック』全四巻（一九九二年・新書館）
『オペラ知ったかぶり』（一九九六年・洋泉社）
『オペラ・オペラ・オペラ！——天井桟敷のファンからの』（一九九九年・洋泉社）
『オペラ・アリア・ベスト一〇一』（『オペラ・アリア・ブック』増補一巻本／二〇〇〇年・新書館）

羊歯の谷間に＊著者相澤啓三＊発行二〇二一年一〇月三〇
日初版第一刷＊装画建石修志＊発行者鈴木一民発行所書肆
山田東京都豊島区南池袋二—八—五—三〇一電話〇三—三
九八八—七四六七＊印刷精密印刷ターゲット石塚印刷製本
日進堂製本＊ＩＳＢＮ九七八—四—八六七二五—〇二〇—四